ARMAND RENAUD

Recueil intime

Vers anciens & nouveaux

PARIS

ALPHONSE LEMERRE, ÉDITEUR

27-31, PASSAGE CHOISEUL, 27-31

1881

Ed. ar.

envi. Lv E

RECUEIL INTIME

DU MÊME AUTEUR :

POÉSIE

Caprices de Boudoir, 1862 (épuisé)

Pensées tristes, 1865 (épuisé).

Nuits Persanes, 1870.

Au bruit du Canon, 1871.

Tombés au champ d'honneur, épisode de l'Exposition
universelle, 1878.

PROSE

L'Héroïsme, *Récits légendaires et historiques (1873)*, 2ᵉ Édition

En préparation :

Drames du Peuple

Poésies

ARMAND RENAUD

Recueil intime

Vers anciens & nouveaux

PARIS

ALPHONSE LEMERRE, ÉDITEUR

27-31, PASSAGE CHOISEUL, 27-31

1881

PRÉFACE

uand, après un long intervalle, on se retrouve en face de ses impressions passées, on éprouve parfois une sensation étrange. Vos propres sentiments apparaissent devant vous comme des morts qui sortiraient de leurs tombes; et, comme pour les morts, le jugement se transforme.

C'est ce qui m'est arrivé pour les *Pensées tristes*. Dans la préface de la 1re édition, j'avais cru devoir m'excuser de ce que, dans ce livre, la personnalité dominait. Plus tard, il m'a semblé, au contraire, que l'ouvrage gagnerait à affirmer plus encore son caractère, c'est-à-dire à être allégé de quelques pièces philosophiques dont la présence se justifie·

rait mieux autre part, et complété par les poésies de nature intime, venues depuis au hasard de la vie.

La prochaine édition des *Pensées tristes* sera faite dans ce sens, de manière à établir une différence bien marquée entre ce livre et les *Drames du peuple,* essai de poésie sociale que je prépare, sans me dissimuler tous les écueils d'une pareille tentative, et où les quelques pièces supprimées d'un autre côté, prendront naturellement place.

La publication présente n'a pas ces visées générales. Dans les *Caprices,* œuvre de jeunesse presque disparue, dans les *Pensées tristes,* manquant depuis longtemps en librairie, dans les vers que je n'ai pas encore publiés, j'ai glané, j'ai choisi ce qui me plaisait davantage, ce qui me tenait le plus au cœur ; et, en attendant les livres projetés, j'en ai fait une mince gerbe, un recueil le moins chargé possible, pour un petit nombre d'amis et de lecteurs.

Si l'on y trouve quelque charme, s'il éveille quelque sympathie, j'aurai ma récompense, ne m'étant pas proposé d'autre but.

Paris, 1880.   *A. R.*

Violettes de Parme

es violettes sont, d'une nature exquise,
Dont la teinte est plus pâle et plus vague l'odeur ;
Il leur faut le soleil et non l'ombre indécise,
L'essence en est plutôt l'amour que la pudeur.

Dans la serre, à l'automne, on met ces violettes ;
Car, dès qu'il vient du froid, cela les fait mourir ;
Moins vivaces pourtant, elles sont plus complètes
Que leurs sœurs, dans les bois, si braves à fleurir.

Elles ont ce qui manque aux autres : la tristesse.
Leur couleur est morbide et leur parfum souffrant.
C'est le raffinement et la délicatesse;
C'est, à travers les cils, une larme filtrant;

Et non pas cette larme obscure et prolétaire,
Qui tombe sur la serge au milieu des taudis,
Larme qui prend sa source aux brumes de la terre,
Et qui sèche, au printemps, dans les airs attiédis;

Mais cette larme vague, insondable, mystique,
Qui se mêle à la gloire, au luxe, à l'or vainqueur,
Et, des colliers joyeux perle mélancolique,
Dans les bonheurs humains montre le deuil du cœur.

Certes, les parfums purs que la fleur des bois verse,
Forts comme ils sont naïfs, constants comme ils sont vrais,
Où rien de dangereux ni d'énervant ne perce,
Poète, mieux-vaudrait si tu les préférais.

Mais qu'y faire? chez toi des instincts sont les maîtres
Qui t'empêchent d'aimer la saine vérité;
Et ton âme, pareille à l'âme des faux prêtres
Qui font de leur idole une divinité,

Abandonne le bien, le réel, le sincère
Pour l'idéal perfide et le rêve félon,
Préfère aux fleurs des bois les frêles fleurs de serre,
Aux rustiques santés les pâleurs de salon.

Camélias

Mon amour, tu te plains qu'avec le coloris
Dont les camélias décorent leur pétale,
Ils n'offrent nulle odeur à l'amateur surpris
Qui rêvait un parfum d'essence orientale.

Ayant de leur éclat admiré tout le prix,
Tu n'en gémis que plus de cette loi fatale
Qui sur le rossignol jette un plumage gris
Et qui veut que, plein d'or, le paon rauque s'étale.

Moi, je suis plus heureux. Depuis le soir si doux,
Où, dans l'oubli profond du monde autour de nous,
J'ai respiré ces fleurs à tes cheveux unies,

Elles ont pour mon cœur des douceurs infinies,
Et, réveillant en moi les souvenirs aimés,
Tous les camélias me semblent parfumés.

Superbia

ous me plaisez avec votre lèvre plissée,
Pour l'homme et pour l'amour révélant vos dédains ;
J'aime, quand un aveu sort d'une âme oppressée,
Le regard froid, tombant de vos sourcils hautains.

Que m'importe le cœur qui sous vos pieds se brise,
Pourvu que vos beautés gagnent à ce mépris,
Et que, comme le feu s'anime sous la brise,
Votre geste irrité vous donne un nouveau prix !

On dirait, à vous voir gonfler votre narine,
L'amazone au carquois plein de flèches d'argent,
Ou cette jeune reine à la blanche poitrine
Qui se fit apporter la tête de saint Jean.

Où d'autres paraîtraient ridicules et folles,
Votre nature étrange est dans son élément.
Le stylet meurtrier convient aux Espagnoles ;
Ce qu'on devrait haïr, vous le rendez charmant.

La foule que le ciel créa pour vos caprices,
Vous la voyez à peine errer confusément.
Comme les déités et les impératrices,
Vous trônez dans la gloire et dans l'isolement.

Oh ! votre orgueil est juste, et moi je vous approuve.
Vous avez la beauté pour vous, vous avez tout.
Et, dans cet univers, il n'est rien que je trouve
Digne d'un autre accueil que de votre dégoût.

Que le triste insensé qui vous suit et vous aime,
Désespéré, dans l'ombre aille s'ensevelir !
Que par vous soit brûlé son plus navrant poème !
Sœur des Vénus de marbre, il ne faut point faiblir.

Point de clémence donc ! dédaignez, soyez belle,
Jetez le rire à flots, du haut de vos vingt ans.
Il n'est point, pour gagner l'âme la plus rebelle,
De volupté semblable à vos airs insultants.

Allez ! quoique en ces jeux ce soit moi la victime,
Je ne me plaindrai pas de mon bourreau moqueur.
Je veux, jusqu'à la fin, demeurer dans l'abîme
Où j'enivre mes yeux, en torturant mon cœur.

La Reine de la Nuit

on corps était couvert d'un voile en gaze noire
Où, sans nombre, on voyait luire des diamants;
Son front, plein du frisson magique de la gloire,
Portait le croissant mince et pur des firmaments.

Elle représentait vraiment la nuit superbe,
Avec ses millions d'étoiles, sa douceur,
Son blanc rayonnement posé sur l'onde ou l'herbe,
Et son azur sans fond, abîme du penseur;

La nuit où s'échappant furtives de chez elles,
Les amoureuses vont, dans les bois, s'égarer,
Où l'âme du poète, ouvrant toutes ses ailes,
Plane dans le pays lointain qui fait pleurer.

A sa forme, on sentait la femme gracieuse ;
On la saluait reine à son air froid et doux ;
Et quand elle marchait, ombre silencieuse,
Devinant la déesse, on tombait à genoux.

Et comme, dans la nuit, il est de pâles nues,
Sur le front de la lune, en groupe, voltigeant,
Mes rêves emportés loin des routes connues,
Se jouaient sur le bord de son croissant d'argent.

L'Heure du Berger

'il est une heure douce entre toutes les heures,
Une heure où rien d'amer en vous ne soit resté,
Où les choses qu'on aime apparaissent meilleures,
Où l'on arrive à Dieu par la félicité ;

C'est quand la bien-aimée, entre vos bras étreinte,
Ne voulant rien encor, mais près de tout vouloir,
Répondant au désir par une douce plainte,
Pensive, en s'en allant, a murmuré : ce soir !

Tout le jour vous errez, cherchant les endroits calmes,
Bercé dans votre espoir comme dans un hamac,
Dédaignant l'homme avec ses haines ou ses palmes,
Mais ému par l'azur et charmé par le lac.

Enfin le jour décline et l'espérance augmente.
Vous rentrez, écoutant tous les bruits du dehors,
Pour tâcher d'y saisir le pas de la charmante;
Et, lorsque c'est bien elle, oh! quel vertige alors!

Certe on a du plaisir à respirer les roses
Et, lorsqu'en un ciel bleu vient l'étoile du soir,
Il en tombe du calme aux fronts les plus moroses,
Comme il tombe des fleurs du haut d'un reposoir.

Mais qu'est-ce que la rose et qu'est-ce que l'étoile
A côté du bonheur d'aimer et d'être aimé?
Que la rose s'effeuille et que le ciel se voile,
Que vous importe à vous dans ses bras enfermé?

O les ambitieux qui dominez la terre,
Artistes, inventeurs, prophètes, conquérants,
Hommes qui choisissez la route solitaire
Pour qu'après votre vie on vous proclame grands,

Répondez! Dans la nuit de la tombe profonde,
S'il vous souvient encor d'une joie ici-bas,
Si vous avez regret de quelque chose au monde,
C'est d'une heure semblable, ô grands morts, n'est-ce pas?

Et vous qui, malheureux, avez vécu dans l'ombre,
En proie aux tourments vils : la faim avec le froid,
Et dont rien n'a fermé les blessures sans nombre
Que l'éternel sommeil dans le cercueil étroit;

S'il vous advint, le temps que dure un éphémère,
De presser une main dans la vôtre, d'avoir
La douceur d'un baiser à votre lèvre amère
Et l'éclair d'un amour à votre horizon noir;

Oh! vous consentiriez, n'est-ce pas, à revivre?
A laisser les douleurs torturer votre chair,
A voir, de l'aube au soir, tomber comme du givre
Tout ce que vous rêviez, tout ce qui vous fut cher?

Pour sentir de nouveau venir à votre lèvre
Ce baiser qui si haut vous fit voler un jour,
Pour avoir la superbe et l'invincible fièvre
Du premier rendez-vous dans le premier amour.

Tristesse dans la Joie

u demandes où vont mes pensers aujourd'hui,
Pourquoi je ne dis rien, et si c'est par ennui?
Non, ce n'est pas l'ennui, c'est l'amour qui m'oppresse.
Si je courbe le front, c'est sous trop d'allégresse,
Comme un arbre au printemps se courbe sous ses fleurs.
La cime a ses glaciers, la joie a ses pâleurs.

Il est de ces moments mystérieux où l'âme,
A contempler l'azur, près d'une autre, se pâme,
Où, pendant qu'on se tait, parlant avec les yeux,
On emplit de son cœur l'immensité des cieux.
Oh! je suis bien ici! Le repos me pénètre.
De tes yeux arrêtés sur les miens, je vois naître
Mille tendres pensers, mille désirs charmants
Qui par couples s'en vont, ainsi que des amants.
Dans le pli de ta joue habite quelque chose
D'ailé, de musical, d'embaumant et de rose,
Et cette poésie et cette ivresse font
Vibrer dans ma poitrine un bonheur si profond
Que n'osant m'y livrer, craignant qu'il ne s'envole,
Devant lui je demeure inerte et sans parole.

Mais cet accablement qui par toi m'est venu,
A des charmes plus grands que rien qui soit connu,
Et, dans le tourbillon des voluptés sans nombre,
Nulle ne vaut pour moi cette volupté sombre
De la mélancolie au milieu de l'amour.
C'est une belle nuit à côté d'un beau jour.
A côté du soleil à la splendeur sans voiles,
C'est la mollesse entrant au cœur par les étoiles.
Je ne suis plus, vois-tu, ni fier ni triomphant,

Mais faible, me serrant à toi comme un enfant.
Berce-moi sur ton cœur, berce-moi ! Sois la vague
Où me plongeant, je roule à jamais dans le vague.
Il est doux, ton amour ; j'aime à m'en abreuver.
Caresse moi le front, et laisse moi rêver.

Fleur exotique

ous désirez ce corps langoureux dans la force,
Fait d'un ange mystique et d'un bel animal,
Ces cheveux bruns, contraste à la pâleur du torse,
Ces grands yeux reposant dans le calme normal.

Mais vous ne savez pas si toute cette amorce
De chair épanouie en calice aromal,
Vient du profond de l'être, ou ne tient qu'à l'écorce!
Ne le sachez jamais, la science est le mal!

Un luth entre les doigts, fuyant le poids d'un voile,
Laissez-la, dans la nuit du boudoir qu'elle étoile,
Des angoisses du cœur chanter le Requiem.

Elle vient d'Orient où l'amour est mystère.
N'y cherchez que l'extase, et laissez-la se taire,
L'énigme féminine aux senteurs de harem.

Lethæa

rès de moi se tenait une femme si douce
Que moins doux est un nid fait de plume et de mousse.
Le sourire dormait sur sa lèvre. Ses mains
Caressantes avaient des senteurs de jasmins.
Ses bras parlaient d'étreinte et de bonheur dans l'ombre.
Elle était pâle, avec la chevelure sombre.
Ni mouvement ni souffle. Un charme plein d'effroi
Tombait de son visage énigmatique et froid
Dont le calme regard eût dompté des athlètes.
Sur ses cheveux mouraient d'amour des violettes.

Je sentais s'abimer tous mes fiévreux desseins
Dans l'espoir de dormir au tombeau de ses seins,
Éternellement, sans rien chercher ni rien croire.
Dans sa coupe d'ébène elle m'offrait à boire,
Et je ne savais plus, tant mon trouble était fort,
Si l'amour m'appelait, ou si c'était la mort.

II

La Divine

*u destin qu'un autre se plaigne*
Car c'est impossible, ma foi,
Que la fortune me dédaigne
Comme je la dédaigne, moi.

J'ai ma colombe, j'ai ma belle
Dont l'œil est plus clair que le jour,
Et qui jamais ne m'est rebelle,
Quand je m'abrite en son amour;

Celle qui sait, lorsque décembre
Grelotte au fond du corridor,
Me dire : restons dans la chambre
A nous conter des contes d'or ;

Puis, quand il vient des fleurs aux branches,
Que nous sommes au mois de mai,
Celle qui, par les beaux dimanches,
M'emmène où l air est embaumé ;

Et qui, l'été comme en automme,
Pendant l'hiver comme au printemps,
Verse à mon destin monotone
La caresse de ses vingt ans.

Entre les perles, c'est la perle,
Cette amoureuse de mes vœux ;
Comme la voile qui déferle,
Flottent sur son cou ses cheveux.

Sa robe est du bleu de la lune,
Sa voix plus douce qu'un hautbois.
On la prendrait presque pour l'une
Des nymphes qui sont dans les bois.

Les bijoux qu'implore sa lèvre
Pour chaque baiser que j'y prends,
On ne les a point chez l'orfèvre
Avec des sacs de mille francs.

On lui dirait : « Les escarboucles
» Du roi Salomon, je les ai ;
» J'ai le lapis que sur ses boucles
» Hélène la blanche a posé ;

» Madeleine a mis ce camée
» Et Cléopâtre ce saphir ;
» Cette opale, à sa bien-aimée,
» Fut le don du sultan d'Ophir ;

» Balkis avait ces pendeloques,
» Roxelane ces bracelets. »
Ma belle répondrait : « Ces loques,
» Je ne les veux pas, gardez-les. »

Car elle a, pour orner sa tête,
Pour ceindre ses tempes de feu,
Les psaumes où le roi poète,
La harpe en main, louait son Dieu.

Les Iliades grandioses
Font rivières sur ses habits.
L'Arioste, voilà ses roses,
Et Dante, voilà ses rubis.

Ils y sont aussi, tous les rêves
Qu'un grand cœur en lui sent frémir,
A voir l'Océan sur les grèves,
Bleu de l'azur du ciel, dormir.

Ils y sont les enthousiasmes,
L'extase, les soupirs, les chants,
Et tout ce que l'âme a de spasmes
En face des bois ou des champs.

Aussi, dans nos heures de joie,
Quand nous en sommes au moment
Où notre ciel d'amour flamboie,
Je la pare, voici comment.

J'enroule un sonnet à sa taille;
Mes hymnes lui font des colliers;
De stances qu'avec soin je taille,
Je couvre ses bras et ses pieds.

Je suis fou, je crois, tant je l'aime,
Parce qu'elle est belle d'abord,
Et qu'à la beauté mon front blème
Va, comme l'aimant vers le nord ;

Puis c'est qu'elle est bonne dans l'âme,
Qu'elle est douce aux cœurs douloureux ;
C'est que, parfum, musique et flamme,
Tous les biens qu'elle a sont pour eux ;

Et qu'il n'est pas d'être si sombre,
Si profondément accablé,
Qui, l'implorant du fond de l'ombre,
Ne se soit trouvé consolé.

Son nom ! l'homme l'a sur les marbres
Mis de Louqsor au Parthénon.
Partout, dans l'eau, le vent, les arbres,
La nature a tracé son nom.

Son nom ! son nom ! c'est : Poésie !
La souveraine qu'à genoux
Adoraient la Grèce et l'Asie.
Hélas ! aujourd'hui, parmi nous,

J'entends de loin la foule aveugle
Prendre plaisir à la huer;
Et l'on sait que le taureau beugle,
Alors qu'il s'appréte à tuer.

Mais si jamais, ô ma divine,
Dans ce siècle où les dieux s'en vont,
Je dois, dans la méme ruine,
Voir s'écraser ton noble front,

Moi, je te mettrai dans la bière,
Avec un beau suaire blanc,
Et j'irai dans le cimetière,
Ensevelir ton corps sanglant.

Puis, sentant ma force qui tombe,
Le cœur brisé de trop souffrir,
Je me coucherai sur ta tombe
Et je m'y laisserai mourir.

Les Oiseaux de Paradis

ans le pays où vont les rêves,
Dans le pays où, sur les grèves,
S'échevèlent les cocotiers,
Où le soleil d'Océanie
Verse, de son urne infinie,
Des flammes sur tous les sentiers ;

Où le caméléon qui change,
Examine, d'un œil étrange,
Le singe que son bras suspend ;
Où la liane immense et souple,
Autour des arbres qu'elle accouple,
Se tortille comme un serpent ;

Là, sont les beaux oiseaux au milieu des bananes ;
Les uns contemplatifs ainsi que des brahmanes,
Les autres fourmillant de bruits et de couleurs.
Là le perroquet jase en accents persifleurs ;
Avec ses diamants sur ses plumes de soie,
L'argus tout constellé, comme le ciel, flamboie ;
Tandis qu'entremêlés dansent en tourbillons
Les tout petits oiseaux et les grands papillons.

Tous, faisant d'immenses armées,
De leur propre vue étourdis,
Ils cherchent les fleurs parfumées,
Les arbres frais, les prés verdis ;
L'eau des fleuves les désaltère,
Pour leurs ébats ils ont la terre.
Mais le firmament solitaire
N'est qu'aux oiseaux de paradis.

Eux, ils voient, dans leur vol sublime,
Ramper le monde, au loin, bien bas.
A peine effleurent-ils la cime
Des grands figuiers, quand ils sont las,
Et sur les vagues de leurs ailes
Ondulant comme des nacelles,
Le corps rayonnant d'étincelles,
Ils montent où l'on ne sait pas.

Oh ! s'il est jamais, en ce monde,
Rien tombé du jardin des cieux,
C'est la légion vagabonde
De ces oiseaux au vol soyeux,
De ces mystiques rêveries
Qui flottent dans les pierreries
Et qui ne veulent pour prairies
Que l'azur où l'on met les dieux.

Mais voici qu'ils se sont arrêtés sur un faîte,
Et qu'on entend soudain frissonner la tempête.
A gagner les hauteurs où le ciel est serein,
Leur vol va s'épuisant ; la rafale sans frein
Les prend, et vers le sol les pousse avec la nue.
Ils tombent, tout meurtris, sur la terre inconnue.

Oh! doux oiseaux, pourquoi, dans le feuillage impur,
Etre venus déchoir de l'éternel azur?
Par un rire infernal raillant vos épouvantes,
Des êtres au teint noir, sur vos lueurs vivantes,
Se sont rués. Adieu pour vous l'air et le jour.
Vous souffrirez beaucoup; car l'homme est un vautour
Dont l'ongle sans pitié n'ignore aucun supplice.
De peur que par la mort votre éclat ne pâlisse
Et que, moins colorés, vous ne valiez moins cher,
On va vous embaumer vivants. Dejà le fer
Entre rouge dans vos entrailles. L'agonie
Vous convulse un moment. Hourra! l'œuvre est finie.
Et maintenant allez, cadavres de beauté.
Allez vers la splendeur et vers la volupté.
Le peintre vous fera resplendir sur l'épaule
D'un ange, devant Dieu s'inclinant comme un saule,
Ou, dans leurs nids d'amour, pleins d'un charme profond,
Comme un charme de plus, les femmes vous auront.

Oiseaux de paradis, légion solitaire,
Martyrs, vous figurez tout ce qui, sur la terre,
Reflète la splendeur pure du ciel sacré.
Victimes de l'amour qu'elles ont inspiré,
N'importe où ni comment, toutes les belles choses

Servent de proie à l'homme, ardent faucheur de roses,
Et s'en allant tomber sous ses désirs maudits,
Ici-bas, sont autant d'oiseaux de paradis.

Tombeaux perdus

Quand n'ayant même pas d'ami qui m'accompagne
Je m'enfonce pensif à travers la campagne,
Pour faire de mon cœur chanter l'intime voix,
J'aime, sous des pommiers, voir seul, dans un champ d'herbe,
Ainsi qu'un moissonneur couché sur une gerbe,
Un vieux tombeau, dormant avec sa vieille croix.

Autant le cimetière et tous ses mausolées
Me laissent froid devant leurs splendeurs désolées,
Autant je rends un culte à ces tombeaux perdus
Où mêlés à la paix de la nature austère,
Les silences puissants qu'un mort a sous la terre,
Avec les bruits humains ne sont pas confondus.

Je ne regarde pas s'il reste des sculptures
Où l'on puisse entrevoir d'anciennes aventures,
Si la mousse recouvre un nom celte ou latin;
Si c'est un chevalier, un laboureur, un moine,
A qui le sort donna pour dernier patrimoine,
Dans le parfum des champs, cet abri clandestin.

Je pense simplement que meurtri de la route,
Ayant atteint le but que tout cherche et redoute,
Un voyageur lassé vint se loger ici,
Et sur la pierre assis, je me recueille et songe
Devant la croix de fer que la vétusté ronge.
Et tout un jour je rêve et je m'isole ainsi.

Promenade sans but

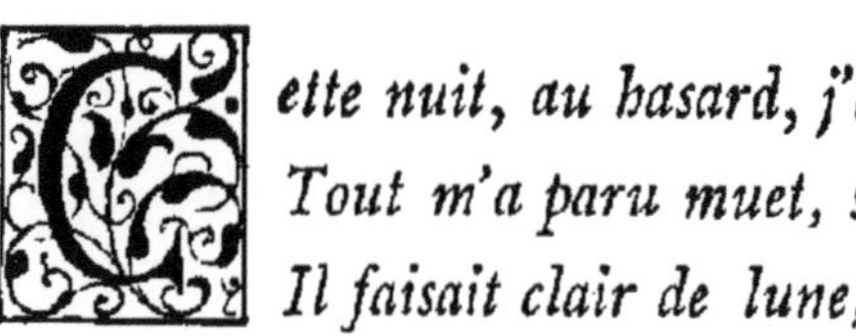

ette nuit, au hasard, j'ai marché par la ville.
Tout m'a paru muet, solitaire, tranquille.
Il faisait clair de lune, il soufflait de doux vents.
Les poumons se sentaient heureux d'être vivants.
Dans le ciel comme sur la terre, rien d'acerbe ;
L'ombre avait des rayons, et les pavés de l'herbe.
Moi seul, dans ce repos portant un cœur amer,
J'allais vers l'inconnu comme l'eau vers la mer.
Parfois je m'arrêtais et me disais : peut-être
Mon bonheur est-il là, derrière une fenêtre,

Qui m'appelle en secret et que je ne vois pas.
En ouvrant cette porte et faisant quelques pas,
Peut-être trouverais-je, assise dans sa chambre,
Cette femme aux doux yeux, au cœur parfumé d'ambre,
Qui, sur mon front brûlant étendant ses doigts frais,
Me ferait croire en moi lorsque j'en douterais,
Ardente à me prêter appui, quoi qu'il advienne,
Et dont je prendrais l'âme en lui livrant la mienne.

Mais j'ignore son nom, et, faute d'un hasard,
Sans véritable amour, j'arriverai vieillard;
Lors, si, m'interrogeant devant l'heure suprême,
Je veux de mon passé rendre compte à moi-même,
Au fond du souvenir il ne surgira rien
De ces choses du cœur qui seules font du bien,
Et de moi j'aurai honte et voilerai ma joue;
Car de tous mes plaisirs jaillira de la boue.

Pourtant je n'ai pas vu briller d'astres là-haut
Sans qu'un désir d'aimer ne me prît aussitôt;
Je n'ai pas entendu vibrer de souffle tendre
Sans rêver de quelqu'un pour avec moi l'entendre ;
Pourtant je n'ai jamais admiré rien de beau,
D'oiseau fendant le ciel, de barque rasant l'eau,

De soleil se couchant dans sa pourpre sublime,
Sans que j'aie en mon cœur senti comme un abime,
Et que, tendant les bras vers un être ignoré,
J'aie appelé l'amour d'un cri désespéré.

Oh! s'en aller le soir causer, ouvrir son aile,
Vivre, la bien-aimée en vous et vous en elle,
Étreindre longuement sa main dans votre main,
Et, sans pouvoir partir, rester sur le chemin !
Mettre toute son âme à se dire qu'on s'aime,
Ne faire à deux qu'un chant, qu'un rayon, qu'un poème,
Etre heureux, et pourtant se sentir dans les yeux
Venir comme une larme, à se parler des cieux!
Si tout cela pour moi n'est que l'ombre d'un rêve,
Si chaque nuit qui vient, chaque jour qui se lève
Doit m'apporter toujours le même isolement,

Si mon désir est faux, si ma vision ment,
Si l'idéal cruel dont j'ai l'âme embrasée
Ne lui veut accorder ni brise ni rosée,
Si j'ai fatalement pour sort, en fait d'amours,
De ne jamais trouver et de vouloir toujours,
Homme je perds ma vie, et poète ma lyre.
Qu'on me les ôte! car mon âme s'y déchire,

La jeunesse m'accable, et la pensée, et tout.
Je ne veux qu'un fossé pour mourir, n'importe où.

A quoi bon quelque gloire avec beaucoup de haine,
A quoi bon dans la foule un vain nom qui se traîne,
Si la palme n'est point pour les pieds de quelqu'un,
Si l'on n'a point d'autel où brûler son parfum?

La Plainte de la Sirène

Le golfe s'argentait sous les rayons nocturnes ;
Colosses de granit penchés en forme d'urnes,
Les rochers versaient l'ombre autour.
Dans les grottes, le flot, poursuivant comme un songe,
Rendait le bruit divin du soupir qu'on prolonge ;
Les étoiles parlaient d'amour.

Il semblait que le cœur, en ce lieu doux et vague,
Dût s'ouvrir au bonheur comme s'ouvrait la vague

Aux pâles caresses du ciel,
Que volontiers l'on eût tout quitté sur la terre
Pour s'en aller, parmi le calme et le mystère,
    Vivre là d'un rêve éternel.

Et pourtant, solitaire, élevant jusqu'aux hanches
Un corps de femme nue au-dessus des eaux blanches,
    Une créature pleurait,
Et ses larmes tombaient amères comme l'onde,
Et de sa lèvre, avec une plainte profonde,
    S'échappait un morne secret.

Dépassant du cristal la sonorité triste,
Cette voix faisait peur ; mais le plus grand artiste
    Voudrait en vain charmer autant ;
Et de retour au nid, le soir, la tourterelle
N'a point cette douceur grave et surnaturelle,
    Rythme qui chante en sanglotant :

Mon palais, disait-elle, abonde en belles choses.
Les tapis en sont d'algue et les murs de corail.
J'ai pour me promener un char de perles roses
Que traînent des dauphins à l'écailleux poitrail.

Je suis par la beauté l'égale des déesses ;
Ma chair a les blancheurs de la neige et du lait ;
Ma chevelure tombe en cascades épaisses,
Et du vert Océan mes yeux ont le reflet.

Un seul de mes regards dompte le plus farouche.
Il n'est d'être si fier, de roi si près des dieux
Qui, lorsque les accords s'envolent de ma bouche,
Ne se mît à mes pieds pour les écouter mieux.

Mais à quoi bon ces biens sans nombre qu'on m'envie ?
A quoi bon ma richesse, à quoi bon ma beauté ?
A quoi bon ces accords dont l'oreille est ravie,
Si mon cœur par la mort est toujours habité ?

Si l'éternel Destin veut que rien ne m'émeuve,
Si je donne l'amour sans pouvoir le sentir,
Si, de ceux que je charme éternellement veuve,
De chaque fiancé je ne fais qu'un martyr ?

Oh ! je voudrais quitter ma royauté funeste,
Des oiseaux vagabonds au loin suivre l'essaim.
Mais la fatalité m'étreint et me dit : « Reste ! »
Il faut continuer mon métier d'assassin.

O vous tous que mon chant fit périr dans la vase,
Victimes, ce n'est pas sur vous qu'on doit pleurer.
Rêve, amour, quel que soit le nom de votre extase,
Vous sentiez quelque chose en vous-mêmes vibrer.

Mais moi ! toujours le vide et le néant infâme !
Avoir beau me frapper le cœur, n'y rien meurtrir ;
Immortelle, être moins que la dernière femme ;
Ne pas avoir d'amour dont je puisse souffrir !

Les humains, par les dieux accablés d'infortune,
De plus de maux encor l'un par l'autre accablés,
N'ont, sous aucun soleil et sous aucune lune,
Atteint à la hauteur où mes maux sont allés.

Et si le noir Destin demain me venait dire :
Veux-tu changer de rôle, être un des insensés
Qui, lorsque ton gosier magique les attire,
Par les poulpes hideux, sous l'eau, sont enlacés ?

Oui, je le veux ! crirais-je, ivre de trop de joie.
Qu'on m'ôte mon palais sous l'eau pâle dormant !
Lasse d'être bourreau, je vais devenir proie ;
Je pourrai croire enfin, moi le monstre qui ment.

Ainsi pleurait la voix au milieu des ténèbres.
Des marins, étonnés de ces strophes funèbres,
*   S'arrêtèrent pour écouter.*
D'abord ils furent pris comme de lassitude ;
En vain du capitaine éclatait la voix rude ;
*   Pensifs, ils écoutaient chanter.*

Comme ils étaient trop loin pour saisir les paroles,
Ils n'entendaient du chant que ses cadences molles,
*   Que sa tristesse et sa langueur.*
Et, par la loi fatale innée en la sirène,
Ce chant leur apportait l'ivresse souveraine,
*   La volupté qui frappe au cœur.*

Et maintenant le chef se tait. Et le pilote
Laisse aller le navire. Au gré de l'onde, il flotte
*   Entre les pointes de rocher.*
Et le chant continue. En dehors on se penche.
On se sent une soif d'oubli que rien n'étanche.
*   On voudrait dans l'eau se coucher.*

De plus en plus le chant devient rêveur et tendre,
De plus en plus chacun, afin de mieux l'entendre,

Se penche vers l'eau de velours.
Irrésistiblement elle luit et frissonne.
Le navire déjà n'est qu'un désert. Personne !
Tous ont disparu pour toujours.

L'Hirondelle blessée

'étais allé chasser sur le bord de la mer.
Libre et seul, enivré de marcher au grand air,
Je regardais le flot s'arrêter sur la rive,
D'après l'ordre éternel qui de l'espace arrive.
A la bouche du fleuve où nagent les saumons,
Entre les rochers gris couverts de goëmons,
J'allais, et je laissais entrer dans ma poitrine
Ce souffle acrement pur, cette senteur marine

Qui colorait ma joue et qui me rendait fort.

Sans avoir rien tué, je rentrais dans le port,
Lorsqu'au dessus de moi j'entendis un bruit d'aile.
Je fis tomber l'oiseau. C'était une hirondelle.
Elle n'était pas morte encor ; mais vainement
Elle essayait de fuir. Son aile tristement
Pendait, saignait, et tout son ventre était un crible.
Pourtant, plus que le sien mon mal était horrible
A sentir sous ma main son cœur chaud qui battait,
A voir son doux regard qui sur moi s'arrêtait.
J'aurais fini ses maux en lui brisant la tête.
N'osant pas, j'emportai chez moi la pauvre bête.

J'étais triste. En dépit de mon esprit moqueur,
Les cris qu'elle poussait répondaient dans mon cœur.
Car moi, la créature orgueilleuse et rebelle,
Toujours prête à trouver la nature cruelle,
Je venais, sans raison et par ma volonté,
De commettre une vaine et froide cruauté.
Il m'était apparu, fendant l'azur qui vibre,
Une hirondelle heureuse, inoffensive et libre,
Forme ailée et charmante au vol capricieux,
Eprise comme moi de la clarté des cieux.

Et je l'avais frappée, et j'avais sur la grève,
Avec son corps saignant, précipité son rêve.

Je m'étais renié, j'avais persécuté,
Homme, l'indépendance, artiste, la beauté,
Au lieu de saluer l'hôte que Dieu m'envoie,
Au lieu de respecter la faiblesse et la joie,
J'en avais eu mépris, et, le front haut, l'œil fier,
En face du soleil, en face de la mer,
Sur l'oiseau qui chantait j'avais commis le crime.

Vers le soir, de nouveau, j'allai voir ma victime,
Elle ne faisait plus ni mouvements ni cris,
Ses yeux avaient perdu leur éclat ; je compris
Que pour l'oiseau blessé venait l'heure de l'ombre.
Espérant que la mort lui paraîtrait moins sombre
Sur les bords où jadis il fut, à peine éclos,
Rapide je repris la route des grands flots.
Debout sur l'Océan comme un disque qui roule,
Le soleil de ses feux diamantait la houle.
La terre, à l'orient, immobile et sans bruit,
Se livrait lentement au baiser de la nuit.
Quand j'eus posé l'oiseau sur la roche connue,
Il tendit faiblement ses ailes vers la nue,

Il regarda la mer superbe, ce miroir
Où, pendant qu'il volait, le suivait un point noir.
Puis un tressaillement l'ébranla. Sa paupière
S'éteignit. Il tomba, raide et froid, sur la pierre.

C'était l'heure du flux ; lui, quand il veut, si fort,
Il vint tout doucement effleurer l'oiseau mort,
A plaisir l'entoura de son onde fidèle ;
Et bientôt, loin de l'œil des hommes, l'hirondelle
Roula dans l'Océan tumultueux et beau,
Qu'elle avait pour patrie et qu'elle eut pour tombeau.

Saule pleureur

our sujet préféré, les poètes de Chine
Ont le saule pleureur se suspendant sur l'eau.
On dirait une vierge à taille souple et fine,
Que de ses longs cheveux courberait le fardeau.

Chaque fleur d'une étoile a la pâleur divine;
Chaque feuille au zéphir tremble comme un oiseau;
Et la nappe immobile où l'arbre se dessine,
A l'air d'un grand œil triste où se mire un tombeau.

Sous son ombre, vers l'heure où le soleil décline,
Quand d'obliques rayons dorent chaque rameau,
Celui qui vient songer, les bras sur la poitrine,

Sent fleurir dans son cœur quelque chose de beau
Et comprend votre culte, ô poètes de Chine,
Pour le saule pleureur se suspendant sur l'eau.

Le petit Pendu

uand la vieille grand'mère à la tête ridée
Fut morte, et qu'on l'eût mise en son cercueil de bois,
L'enfant dans son cerveau ne roula qu'une idée :
Retrouver celle dont il aimait tant la voix.

Il n'avait jusque-là versé que peu de larmes,
Et pour des riens, pour du pain sec à son repas,
Pour le vent qui soufflait avec de grands vacarmes,
Pour l'image d'un sou qu'on ne lui donnait pas.

A présent un regret mystérieux lui pèse.
Il pense à sa grand'mère enterrée. Il ne peut
S'empêcher d'y penser. Il sent un froid malaise
A ce soupçon que l'eau la mouille quand il pleut.

Il regarde la chambre ; et le fauteuil lui semble
Monstrueusement vide et morne, n'ayant plus
Le corps rapetissé de la vieille qui tremble,
En tenant ses genoux entre ses doigts perclus.

Il sait qu'il ne doit plus la revoir. D'habitude,
L'on part et l'on revient. Le départ, cette fois,
Sur le retour n'a point laissé d'incertitude,
Trop pesante est la terre où l'on plante une croix.

Elle lui racontait de si belles histoires :
Le petit Chaperon rouge, le Chat botté ;
Ou bien c'étaient de longs récits sur nos victoires,
Au temps où l'on avait chassé la royauté.

Elle était bonne. Alors que venait la gelée,
Elle lui réchauffait, entre ses mains, les doigts.
Et sa tiède moiteur faisait partir l'onglée
Mieux que l'ardent brasier, cruel aux doigts trop froids.

Au lit quand il passait le jour, étant malade,
Les parents s'en allaient; l'aïeule restait là
A le bercer avec une vieille ballade.
Il ne l'entendra plus jamais chanter cela.

Il se souvient combien de fois, tête mutine,
A cette pauvre aïeule il désobéissait.
Elle ne grondait pas, mais elle était chagrine.
Hélas ! s'il avait pu deviner ce qu'il sait !

Ce vide qui s'est fait pour toujours le désole.
Son cœur, à s'affliger trouvant sujet partout,
Pour songer à la morte, en soi-même s'isole;
Et des enfants rieurs il éprouve un dégoût.

C'est qu'il a dans le cœur l'invincible tendresse
Des êtres dans lesquels l'oubli ne peut germer,
Qui, malgré la rigueur du tombeau qui se dresse,
Quand ils ont commencé, ne cessent point d'aimer.

Plus de bruit, plus de jeu; toute action l'ennuie.
Ce qui l'attire, c'est le secret contenu
Dans ce corps mis en terre et dans cette âme enfuie;
C'est l'ombre où l'on retourne après être venu.

Que fait-elle à présent, cette pauvre grand'mère ?
De lui se souvient-elle, et l'aime-t-elle autant ?
O crainte déchirante, incertitude amère !
Sans pouvoir lui parler, peut-être elle l'attend !

Quand il venait jadis, la joie était en elle.
Sans doute, si la mort près d'elle l'emmenait,
Le même éclair de joie emplirait sa prunelle.
Or, pour mourir, il est un moyen qu'il connaît.

On cherche quelque part un vieux débris de corde ;
On l'attache un peu haut, on fait un nœud coulant,
Et l'on passe la tête ; il se peut qu'on se torde ;
Mais on meurt vite, et c'est le côté consolant.

Aussi, sans avoir peur, non moins calme que sombre,
Il s'est tué, certain qu'il était attendu.
Et la masse de gens dont l'escalier s'encombre
Murmure avec stupeur : Un enfant s'est pendu !

Un Lis

es roses, je les hais, les insolentes roses
Qui du plaisir facile et changeant sont écloses,
Les roses dont l'envie est d'aller à chacun
Montrer leur coloris et livrer leur parfum,
Les roses pour qui rien n'est plus beau que la terre,
Les roses sans douleur, sans rêve et sans mystère.
Quelquefois j'ai voulu m'en couronner, pensant,
Pour endormir le cœur, leur baume tout puissant ;
Mais mon cœur brûlait trop, les roses en sont mortes,

Et sur leurs vains débris où rampent les cloportes,
A poussé d'elle-même une mystique fleur,
Enivrante avec calme et belle avec pâleur.
Son calice profond s'ouvre pour toute larme.
De sommeil et d'oubli son parfum verse un charme :
Sommeil chassant l'orgueil, oubli du mal passé,
Où par l'espoir et par le rêve on est bercé.
Si haut, dans l'infini, plane sa tête fière
Qu'il ne peut jusque-là monter vent ni poussière.
Elle ne connaît pas le monde, ne veut rien
Des hommes ; sans souci qu'on lui dise : c'est bien,
Ou : c'est mal, loin de tout, rires, haines, louanges,
Dans l'azur, elle songe à la beauté des anges.

Sachant qu'elle possède en son cœur un trésor,
A l'abri des regards elle met ce cœur d'or
Dans un calice blanc à donner le vertige.
S'isoler lui va mieux que de courber sa tige
Vers les faiseurs de bruit, vers les vainqueurs d'un jour ;
Et si jamais du ciel descendait son amour,
Ce serait sur une âme obscurément martyre,
Sur un grand cœur, n'ayant qu'elle pour lui sourire.

La Charité au Désert

*’ai lu, je ne sais où, qu’un Français en Afrique,*
Errant au plus profond d’un pays chimérique
Qui ne porte aucun nom sur la carte, n’étant
Qu’une immense fournaise où du sable s’étend,
Les pieds brûlés à vif, le corps en proie aux fièvres,
Sans rien à boire avec de la soif plein les lèvres,
Se traîna sur un peu de gazon roux, et là,
Des plis de son manteau, pour mourir, se voila.
Par moments, son pays, ses vains travaux, sa mère

Lui faisaient sur les cils sourdre une larme amère,
Et cela lui jetait le morne hébétement ;
Et ses yeux sans regards s'éteignaient lentement ;
Il râlait, quand voici qu'une large main noire
Mit un vase devant sa lèvre et le fit boire.
La boisson de salut, l'eau pure, l'eau de Dieu,
Oh ! comme elle fut douce à son gosier en feu !
Les muscles ranimés bougèrent ; la narine,
Se soulevant, jeta de l'air dans la poitrine ;
Et des flots de sang frais coulèrent par le corps.

Or il était ainsi ressuscité des morts
Par la compassion d'une vieille négresse
Bien pauvre, mais ayant dans le cœur sa richesse,
Et qui, voyant par terre agoniser ce blanc,
Avait, pour le sauver, hâté son pas tremblant.
Maintenant il est fort ; la négresse l'emmène ;
Dans sa case de jonc, pendant une semaine,
Soigne ses pieds blessés, l'habille, le nourrit,
Jusqu'à ce que, dispos de corps comme d'esprit,
Des pays monstrueux il se remette en quête,
Avec tristesse, et non sans retourner la tête.

Quand je lus ce récit, je me sentis heureux.

Le reste du volume était noir, douloureux ;
Les crimes, en sifflant, y distillaient leur bave :
Partout l'homme despote écrasait l'homme esclave,
De grotesques tyrans, dans leurs palais de bois,
Comptaient, en ricanant, des têtes sur leurs doigts.

Cette bonne action, dans sa candeur sublime,
Était là, comme l'arche au-dessus de l'abîme ;
Et cela m'enivra de voir qu'en ces pays
Où les instincts mauvais sont les seuls obéis,
Pour garder la pitié qui hors d'elle était morte,
La chose la plus faible eût l'âme la plus forte.
Et je compris alors, en méditant sur vous,
O femmes, d'où vous vient votre regard si doux,
Et pourquoi, vers les cœurs qui battent sous vos voiles,
On se sent attiré, comme vers les étoiles.
C'est que vous recevez en partage, ici-bas,
Le seul bien qu'on prodigue et qu'on n'épuise pas,
Le seul assez divin pour mêler à nos fanges,
Comme de blancs rayons, la vision des anges,
L'humble vertu par qui le plus fort est dompté,
Le calice qui boit les larmes : la bonté.
C'est que toujours vos bras s'ouvrent, dans notre gouffre,
Pour l'enfant qui repose ou pour l'homme qui souffre,

Et que, l'âme et le corps, en vous tout est complet,
Cœurs qui donnez l'amour, seins qui donnez le lait.
Vous avez des pitiés pour tout dans la nature;
Un oiseau dont les œufs sont brisés vous torture;
Et, bien que votre forme ait l'exquise beauté,
Qu'il ne soit rien en vous qui ne soit volupté,
La grâce de vos fronts fait encor moins vos charmes
Que la compassion de vos yeux pleins de larmes.

Hélas! le monde est sombre; on sent à chaque pas
Qu'une illusion part qui ne reviendra pas,
Et qu'à force de voir ce qui se fait d'infâme,
On perd fatalement les lueurs de son âme.
Que nous resterait-il à nous tous, les soldats,
Qui combattons avec la pensée ou le bras,
Si, fermant la blessure et guérissant le doute,
Vous n'apparaissiez point aux haltes de la route,
Pour faire aimer la vie, ô vous qui la donnez?
Et comme nous serions sanglants et consternés,
Si vous ne versiez pas sur nos fronts taciturnes
Ces baumes de douceur dont vos cœurs sont les urnes!

L'irréparable

*uel parfum j'irais répandre*
En ton cœur, si tu voulais !
Mais tu ne veux rien comprendre,
A ne rien voir tu te plais.

Nos lèvres sont des fleurs douces,
Nos yeux ont l'éclat du jour ;
Cependant tu me repousses
Sans souci d'aucun amour.

Oh ! quelle amère folie,
Source du regret cuisant !
Crains que l'amour ne t'oublie,
Toi qui le fuis à présent.

Quand partent les hirondelles,
C'est pour revenir au nid ;
Mais les heures infidèles
S'envolent, puis c'est fini.

Si du sort qui nous invite,
Si du jour sans lendemain
Nous ne profitons pas vite
Pour nous aimer en chemin,

Combien lourd sera le voile
Qu'il nous faudra soulever,
Avant que, dans quelque étoile,
Nous puissions nous retrouver !

A une Martyre de demain

orsque, parmi les pleurs et les cris d'ici-bas,
Pleine de beaux espoirs et de joyeux ébats,
Jeune fille, tu viens sourire,
Au lieu qu'au fond de moi ta candide beauté
Apporte la fraîcheur et la sérénité,
Je sens mon cœur qui se déchire.

Car, plus tu me parais près des anges du ciel,
Plus ton souffle est un baume et ta lèvre est un miel,
Plus ton âme est enthousiaste,

Plus tu crois au bonheur, au rêve, au dévoûment,
Et plus, parmi les flots de ce monde qui ment,
    Ta solitude sera vaste.

Enfant aux clairs regards, lorsque dans ton miroir,
Devinant ta beauté, tu te plais à te voir,
    Ou qu'à la lecture d'un livre,
Ton cœur vers l'idéal ouvre ses ailes d'or,
Tu ne penses qu'au rêve amoureux qui t'endort,
    Je pense au réveil qui doit suivre.

Je pense au lendemain, reptile qui sans bruit
S'avance, protégé par une épaisse nuit,
    Le regard fixé sur tes joies,
Et, lorsque le moment sera bien préparé,
T'enlacera le corps et l'âme par degré,
    Pour mieux savourer ces deux proies.

Tu ne penses qu'aux vers des poètes, qu'au chant
Des guitares, le soir, sous le soleil couchant,
    Qu'à l'azur rempli de colombes,
Qu'à tout ce qui gazouille et fleurit dans les bois,
Qu'aux paroles d'amour, qu'aux doigts pressant les doigts,
    Qu'aux serments plus forts que les tombes.

Je pense au vide amer de toute volupté,
Comme par le réel le rêve est emporté,
     Comme au cœur s'éteint toute flamme;
Je pense aux faussetés, je pense aux trahisons,
Et comme le plaisir terrestre a des poisons
     Qui flétrissent à jamais l'âme.

Le triple vêtement dont ton cœur est vêtu,
S'envolera — bonheur, espérance, vertu —
     Au souffle glacial des choses;
Les roses te plairont; sur ton front tu voudras,
Au lieu des chastes lys, les mettre, et tu verras
     Combien c'est du néant, les roses.

Pourquoi faut-il que rien ne puisse rester pur,
Que l'orage sans cesse obscurcisse l'azur,
     Que sans cesse la bête fauve
Se tienne près du lac où la gazelle boit,
Que rien sans torturer et sans souffrir ne soit,
     Que des chutes rien ne se sauve !

Qu'on ne puisse trouver d'infaillible soutien
Dans nul des cœurs mortels, pas même dans le sien,
     Qu'on ne puisse jamais répondre

De l'âme la meilleure et du meilleur amour,
Plus que d'une hirondelle au sommet d'une tour,
    Plus que d'un plancher qui s'effondre !

Hélas ! le bien-aimé que presseront tes bras,
S'il ne te trahit point, toi, tu le trahiras,
    Vierge naïve comme un ange,
L'un ou l'autre de vous un jour n'aimera plus.
Pourquoi ? sait-on pourquoi le flux et le reflux ?
    Sait-on pourquoi le vent qui change ?

L'amour donné par lui te semblera bien peu,
Près du songe entrevu dans le firmament bleu.
    Tu voudras essayer, connaître.
Tu ne trouveras point. Tu chercheras encor,
Haletante, changeant sans trêve le décor,
    Allant aux abîmes peut-être.

Car l'océan sans fin qui commence au baiser,
C'est notre sort commun de vouloir l'épuiser,
    Pendant nos jeunesses si brèves.
Mais on s'acharne en vain, on n'est jamais vainqueur,
Plus la joie est aux sens, plus le deuil est au cœur.
    Aux vastes flots, les vastes grèves.

Rien ne demeure alors de tout ce qui charmait.
Les yeux qu'on trouvait doux, le cœur où l'on dormait
    Dans le hamac ou les gondoles,
On se sent pris pour eux de haine et de courroux.
Les espoirs écroulés se changent en dégoûts,
    Et l'on crache sur ses idoles.

Jeune fille, ton front resplendit de clarté ;
Tes cheveux ont l'éclat, ta joue a la santé ;
    On se retourne quand tu passes.
Ame au vol plus léger qu'une aile d'alcyon,
Tu mêles la candeur avec la passion,
    Les tendresses avec les grâces.

Et, troublé malgré moi, lorsque tes beaux grands yeux
Répandent leurs rayons sur mon front soucieux,
    Je me sens comme une couronne,
Je rêve de bonheur, de gloire, d'avenir,
Je voudrais m'élancer à tes pieds, devenir
    Quelque chose qui t'environne.

Et, sans avouer rien, je m'épuise à trouver
Des vers mystérieux qui te fassent rêver,
    Qui, drapés à moitié de voiles,

Te laissent deviner mon amour douloureux,
Comme, sous un nuage errant et vaporeux,
    On voit la forme des étoiles.

Et l'intime frisson de ces vagues accents
Trouble ton cœur candide, et le feu que je sens
    Pénètre dans tes veines calmes.
Mais ne crains rien de moi, vierge au sourire frais,
Je ne t'aime qu'en fleur, et jamais ne voudrais
    Briser la moindre de tes palmes.

Peut-être, si j'étais demeuré simple et bon,
Si mon cœur n'était pas brûlé comme un charbon,
    J'aurais entrepris cette tâche
D'illuminer ta vie avec un amour tel
Que nul n'aurait osé, sur le feu de l'autel,
    Lever sa main perfide et lâche.

A présent, c'en est fait de moi; ne t'ayant pas,
Je n'ai pu m'empêcher de m'asseoir au repas
    Des perversités séduisantes;
Et je n'ai plus la force, et je n'ai plus la foi,
Et mon âme déjà, pour voler avec toi,
    Porte des chaînes trop pesantes.

Mais cela m'est resté, dans mon égarement,
De respecter partout le noble et le charmant,
    Le cristal, les cygnes, la neige,
Et de tenir mon cœur dans l'angoisse abîmé,
Plutôt que de souiller ce que j'ai tant aimé,
    Avec mon désir sacrilège.

Inutile respect ! d'autres viendront, je sais,
Feignant beaucoup d'amour, n'en ayant pas assez,
    Qui t'enivreront de paroles ;
Et l'on t'arrachera ton virginal trésor,
Comme, la nuit, on vole au voyageur son or,
    Comme on effeuille des corolles.

Peut-être, dans la joie éphémère des sens,
Comparant mon silence aux aveux frémissants,
    Tu riras du jeune homme étrange
Qui, lorsqu'à la cueillir tout semblait l'engager,
La soif, le fruit splendide et le rameau léger,
    Laissa sur l'oranger l'orange.

Plus tard, lorsque ta vie aura suivi la loi,
Que des plaisirs humains tu n'auras plus la foi,
    Que tu te verras solitaire,

Lasse, affaiblie et triste, et toujours, dans ton sein,
Conservant cette soif d'amour ardent et saint
          Que nul baiser ne désaltère;

Que du fond d'un passé dont rien ne restera,
Mon souvenir longtemps oublié surgira,
          Le front pâle, la lèvre close,
Et qu'ayant conservé sa première blancheur,
Seul il sera pour toi la berge où le pêcheur
          Battu par les flots, se repose;

Tu comprendras pourquoi, dans mon culte profond,
Je n'ai pas imité ce que les autres font,
          Pourquoi, sans briser ma statue,
Avec elle j'ai fui loin du réel brutal ;
Plutôt que de tuer dans mon cœur l'idéal,
          Voulant que l'idéal me tue.

Purification

J'ai longtemps combattu, cherchant si j'étais digne
D'aimer l'azur du ciel et la blancheur du cygne,
J'ai fait de ma pensée un examen cruel ;
Devant moi, tribunal, j'ai paru, criminel.
Tout ce que j'avais eu de passions mauvaises,
Ricanements, fureurs, hontes, désirs, fournaises,
Comme de noirs esprits évoqués à minuit,
A de nouveau tourné dans ma tête avec bruit,

Et j'ai versé des pleurs, comprenant, ô jeune ange,
Que pour aller vers vous c'était là trop de fange,
Que je ne devais pas, moi perdu pour jamais,
Troubler avec mes cris vos tranquilles sommets,
Que, si j'avais l'amour d'une chose trop belle,
Il me fallait mourir sans rien réclamer d'elle,
Et rentrer mes sanglots, de peur que sa bonté
Ne l'entraînât au gouffre où mon cœur s'est jeté.

Vous cependant, voilà que vous êtes venue,
Douce, avec vos trésors de tendresse ingénue.
Votre œil bleu m'a versé sa lumière; à l'instant,
Les démons sont partis en se précipitant.
Vous avez secoué, sœur de la tourterelle,
Sur le deüil de mon front, la neige de votre aile.
Et maintenant je n'ai souvenance de rien;
Avec vous je suis fort, sincère, ivre de bien;
Et je ne combats plus, étant devenu digne
D'aimer l'azur du ciel et la blancheur du cygne.

Plénitude

Oh! laissez-moi chanter, oh! laissez-moi vous dire
Comme j'ai des rayons, comme j'ai du délire,
Comme j'ai de l'amour!
Oh! laissez-moi vous dire et vous redire encore
Que la nuit me couvrait, et que voici l'aurore,
Et que voici le jour!

Depuis longtemps brillaient au meilleur de mon âme
Vos longs cheveux flottants, vos yeux baignés de flamme,
Votre front souverain.

Mais j'avais imposé le silence à ma lèvre,
Et de mes diamants, mystérieux orfèvre,
          J'avais fermé l'écrin.

Maintenant, mon cœur s'ouvre et mon âme déborde,
Et déjà sur ma lyre il n'est plus une corde
          Qui n'exhale un son doux,
Quand j'entends votre nom, quand près de vous j'arrive,
Quand je vois seulement, comme un feu sur la rive,
          Une clarté chez vous.

Ne me répondez pas que cela vous effraie,
Que tout enivrement en soi porte une plaie,
          Que c'est sans guérison ;
Que plus un rêve est doux, plus pur est un calice,
Et plus, pour l'avenir, l'un révèle un supplice,
          L'autre cache un poison.

Je le sais. Loin de moi cette étrange pensée
Qu'aux abîmes du ciel j'aurais l'âme lancée,
          Sans aller m'y meurtrir.
Mais j'ai tout accepté ; cela même est ma joie
De voir l'amour si fort, si rude pour sa proie,
          Qu'elle en puisse mourir !

Laissez-moi donc baiser la terre qui vous porte.
Ma blessure est déjà profonde. Que m'importe !
        Je veux l'envenimer.
Laissez mes yeux vous voir et mes rêves vous suivre.
Je suis vaillant et fort, je veux souffrir et vivre,
        Me briser, vous aimer !

Chant du Sommeil

e voudrais les savoir, les mystiques paroles,
Que la lune, le soir, verse sur les corolles;
Ce qu'elle dit au lac, je voudrais le trouver,
Pour assoupir tes yeux à lueur trop profonde,
Pour t'isoler du bruit et des désirs du monde,
Pour te voir longuement et longuement rêver.

Demain, je te dirai mes doutes et mes fièvres,
Ce qui m'étreint le cœur et me brûle les lèvres;
Demain sera le jour du formidable pas.
Demain nous ouvrira les portes de l'abîme,
Et je t'emporterai dans le combat sublime
Qui blessera nos cœurs à ne nous guérir pas.

Ce soir, je veux te faire un nid où rien ne blesse,
Poser dans les parfums ton cœur avec mollesse,
Te bercer en enfant, te cacher en trésor.
Dans ce calme de l'ombre où tout chante à voix basse,
Je veux que, l'aile prête à conquérir l'espace,
Sur la ramure en fleur, notre amour rêve encor.

Laisse-moi prosterné devant toi qui reposes.
Ton cœur renferme un lys, tes mains sèment les roses.
Tu me fais l'âme blanche et m'empourpres le front.
Ta beauté, c'est le marbre antique aux belles lignes,
Ta pensée est un vol d'aigles mêlés de cygnes,
Tu planes dans l'azur des choses qui vivront.

Un soupir régulier soulève ta poitrine.
Dors comme le nuage et la vague marine,
Toi qui contiens la foudre et la tourmente aussi.
Dors avec tes baisers voltigeant sur ta bouche,
Dors dans tes longs cheveux, dors charmante et farouche;
Je tremble de t'aimer, et je t'en dis merci.

La Proie du Feu

près un jour bien chaud, la nuit était bien fraîche.
Depuis longtemps, les bœufs avaient gagné la crèche.
Le pâtre, ayant mangé son pain et bu son lait
Dans sa hutte dormait près du chien qui hurlait.
Du reste le silence était profond. Les meules
Avaient, au fond des champs, l'air triste d'être seules ;
Les étoiles, d'un ciel sans lune, faisaient choir
Une vague lueur où tout ressortait noir ;

Lorsque ne rencontrant ni village ni ferme,
Las de marcher toujours sans espoir d'aucun terme,
Ne sachant même point comment j'étais venu,
Je fis halte au milieu d'un pays inconnu.
A droite, un pré sans fin se déroulait. A gauche,
Un grand bois profilait sa gigantesque ébauche.
Comme j'avais très faim, très soif et froid un peu,
J'amassai du bois sec en tas, j'y mis le feu,
Je pris un doigt de pain, je vidai ma bouteille ;
Puis, ne voyant plus rien à quoi passer ma veille,
Près de la flamme haute à rougeâtre reflet,
Je laissai mon esprit rêver comme il voulait.

Or, tous les papillons du bois et de la plaine,
Le sphinx, le paon de nuit, l'atropos, le phalène,
Ayant l'aile de jais, d'or, de pourpre ou d'argent,
Du calice des fleurs sortaient en voltigeant,
Et venaient se brûler les ailes à la flamme.
Les voyant faire ainsi, j'en eus pitié dans l'âme
Et j'agitai ma main pour les chasser de là ;
Mais eux, vers la lueur qui déjà les brûla,
Sans cesse retournaient pour s'y brûler de même.
Et le soupçon me vint qu'un délire suprême,
Un éblouissement d'altière volupté

Les poussait vers la flamme avec fatalité.
Je refoulai mon cœur, je me fis l'œil stoïque,
Et, sans plus déranger leur plaisir héroïque,
Je fixai ma pensée et mon regard sur eux.

Ainsi qu'au crépuscule un jeune homme amoureux,
Voyant arriver celle où son rêve se pose,
S'approche pour parler, s'approche encore et n'ose,
Près du brasier d'abord ils tournoyaient discrets,
Puis s'éloignaient un peu, puis revenaient plus près,
Jusqu'à ce que, domptés par sa puissante haleine,
De songes inconnus se sentant l'âme pleine,
Humant par tout le corps la chaleur et le jour,
Ils vinssent, dans le feu béant, chercher l'amour.
Alors, anéantis de flamme et de lumière,
Arrivés à ce point d'extase singulière
Où la mort vous saisit quand vous le dépassez,
En poudre, lentement, ils tombaient dispersés ;
Et cette poudre, au sein du feu qui la dévore,
Semblait encore aimer et frissonner encore.

Certes, ô papillons, votre sort était beau !
Mourir d'amour, avoir son rêve pour tombeau,
Cela doit faire envie à l'âme vraiment forte,

Au cœur ayant du sang et non pas une eau morte.
Vous avez bien agi. Vous pouviez à loisir,
Entre l'âpre idéal et le réel, choisir.
Les fleurs, pour vous séduire entr'ouvrant leurs calices,
Vous promettaient tout bas des plaisirs sans supplices.
La rosée emperlée à vos ailes luisait.
Le gazon s'étendait touffu ; le vent jasait.
Vous, pourtant, dédaigneux des bonheurs de la terre,
Laissant la plaine veuve et la fleur solitaire,
Vous êtes accourus où votre cœur était,
A la lumière d'or qui dans le ciel montait ;
Et là, vous épuisant aux tortures sublimes,
Vous avez succombé, bienheureuses victimes,
De votre illusion bercés jusqu'au trépas,
Une fois dans l'amour, n'en redescendant pas.

Ironie

i vous êtes de cette race
Qui, s'indignant de voir le mal,
Des gens affamés s'embarrasse
Et craint de battre un animal,

De cette race ridicule
Qui ne veut aimer que le beau,
Et, loin du monde qui calcule,
Prend le rêve pour son flambeau;

Si vous n'adorez point la force,
Si la pensée est votre Dieu,
Si vous vous prenez à l'amorce
D'un noble but et d'un ciel bleu,

Si la trahison hypocrite
De l'amour ou de l'amitié
Vous semble étrange et vous irrite,
Vraiment vous me faites pitié.

Pour l'être brutal qui se vautre
La terre a des jeux et des fleurs ;
Mais des âmes comme la vôtre
N'y font moisson que de douleurs.

Au moins cachez bien vos blessures ;
Taisez-vous lorsque vous souffrez ;
Les hommes ont des fanges sûres
Pour en salir les inspirés.

Leurs allégresses les plus vraies
Sont de diriger avec art
Des coups d'épingle dans les plaies
Dont l'idéal fut le poignard.

Ils vous ôteraient à vous-même
La croyance qui vous sauvait,
Vous n'entendriez que blasphème
Et que rire à votre chevet ;

Et l'âme qui fut saluée
Par les aigles, sur les hauteurs,
Mourrait d'une ignoble huée,
Dans les bas-fonds des insulteurs.

Moi qui crains surtout qu'on ne traîne
Au ruisseau ma chère douleur,
Qui veux bien subir la sirène,
Mais non le stupide oiseleur ;

Pour les autres, je mets un voile
Que rien ne puisse pénétrer ;
Jamais une larme n'étoile
Mes cils souvent prêts à pleurer ;

Et quand mon âme est un calvaire,
Quand j'ai le cœur sur un brasier,
Comme eux je fais sonner mon verre
Et je fais rire mon gosier.

Avenir

e suis jeune, et pourtant je n'ai pas cette joie,
Ce rire épanoui du monde qui tournoie,
    Ardent à tout festin.
Sans couronne est mon front, mon cœur sans espérance.
  Avec incertitude, avec indifférence,
    J'accomplis mon destin.

Un moment, j'ai rêvé de ces salles superbes
D'où montent pour l'artiste, en colossales gerbes,
    Les bravos éclatants ;

Mais j'ai vu que chacun songeait à ses affaires,
Et qu'on n'écoutait plus la musique des sphères,
        N'en ayant pas le temps ;

Que, loin de tous les miels que la terre distille,
Dans l'ombre, je devais m'exiler, inutile
        Adorateur du beau,
Et que, si quelque fleur de pâle renommée
M'arrivait, cette fleur trop lentement formée
        Serait pour mon tombeau.

Parfois des yeux d'ami, parfois des yeux de femme
Ont curieusement regardé dans mon âme ;
        D'autres s'y pencheront.
Mais, parmi tous ces cœurs lancés dans le tumulte,
Lequel m'apercevrait terrassé par l'insulte,
        Sans détourner le front ?

Oh ! je connais quelqu'un de fidèle et de tendre
Qui toujours m'a tendu, toujours viendra me tendre
        Ses bras pour m'y presser,
Qui m'aime également glorieux ou sans palme,
Dont l'austère caresse, odeur pure, eau qui calme,
        Pénètre sans blesser ;

Celle à qui mon honneur est plus cher que ma vie,
Qui de tout noble orgueil, de toute sainte envie
        Sur mon cœur mit le sceau ;
La femme qui veilla sur mon enfance frêle,
Qui rêva tout pour moi sans vouloir rien pour elle,
        L'ange de mon berceau.

Mais nous ne mourrons pas au même instant ; peut-être
Me faudra-t-il, après les paroles du prêtre,
        La vêtir du linceul,
Puis, lorsque j'aurai vu sa fosse qui s'éboule,
Rentrer, vêtu de noir, où s'agite la foule.
        Alors je serai seul.

Alors je n'aurai plus une raison de vivre,
Je briserai ma plume et jetterai mon livre,
        Des bourreaux tous les deux.
Alors, si je retrouve au fond d'un dernier songe,
La gloire, cet abîme, et l'amour, ce mensonge,
        Je ne voudrai plus d'eux.

Alors, par une nuit odieusement douce,
Vers un abri charmant, plein de fleurs et de mousse,
        Je porterai mes pas ;

Je lèverai les yeux vers le ciel implacable
Qui de désirs d'amour et de beauté m'accable,
    Ne les exauçant pas;

Puis, sûr de ne coûter à personne une larme,
Si, dans ma lâcheté, je n'ai pas peur d'une arme,
    Je m'ouvrirai le cœur;
Et, quand je serai mort, la nuit, toujours plus douce,
Versera sur les fleurs, versera sur la mousse
    Son silence vainqueur.

Plus tard

’est-il plus rien au monde, être faible, pauvre ombre,
Pour un espoir d’amour ou de gloire qui sombre ?
Quand ton dernier espoir mourra, quand tu n’auras
Rien qui ne t’offre un doute à serrer dans tes bras,
Seras-tu seul ? Ton cœur devra-t-il croire au vide ?
Une passion vaine, une amitié perfide,
Une palme de moins, est-ce là l’univers ?
Analyse la foule et vois les maux soufferts.

Si tu ne veux plus croire à personne, aime encore,
Non tel être incomplet que ta folie adore
Et maudit tour à tour, mais l'océan humain
Creusant avec ses flots la route de demain,
Tous ces frères perdus dans la même nuit noire,
Ne cherchant ni bonheur, ni richesse, ni gloire,
Se dévouant au dur labeur, voulant le bien,
Applaudis par personne, encouragés par rien,
Mais le front toujours droit. Car, au temps le plus rude,
Toute l'humanité peuple leur solitude.

Spectres ardents

u milieu du brouillard mourait un pâle jour.
La campagne était nue et muette alentour.

Et dans l'immensité de cette vapeur grise,
Sans un point d'horizon, sans un souffle de brise,

Des gens vêtus de deuil, ayant forme d'humains,
Cheminaient, en cachant leur cœur avec leurs mains.

C'était un défilé, terrible en son silence,
Où le calme effrayait plus que la violence.

Ces êtres inconnus dans ces brouillards glacés,
Toujours fuyant, toujours par d'autres remplacés,

Tous en deuil, tous ayant leur cœur caché de même,
Semblaient les visions d'un infernal poème.

Et l'esprit anxieux plus encor qu'abattu,
Je m'approchai d'un spectre, et lui dis : « D'où viens-tu ?

» Où vas-tu? dans quel but tes mains ainsi crispées? »
Mais lui : « Bois des poisons, transperce-toi d'épées,

» Tu ne souffriras pas autant que je le fais
» Du mal mystérieux mis en moi pour jamais. »

Et, ses mains s'écartant, cruel effet de l'âme,
Je vis que dans le cœur il portait une flamme.

Cette flamme, au milieu de ces habits de deuil,
Lançait un tel éclat qu'elle éblouissait l'œil.

Et le tourment du feu dépassait toute idée.
Pourtant l'être ajouta d'une voix saccadée :

« Mortel, crains la pensée, oh! crains-la plus que tout.
» La souffrance du corps dans la mort se dissout;

» Mais quand on porte une âme éprise d'autre chose
» Que du réel stupide où la brute repose,

» Quand on a des regards s'élevant vers l'azur,
» Qu'on maudit le fossé, le grillage et le mur,

» Quand on veut tout aimer, quand on veut tout connaître,
» Alors il aurait mieux valu ne jamais naître.

» Après la vie affreuse, après les pleurs de sang,
» L'âme s'ouvre, croit être au but éblouissant;

» Le but, c'est l'infini qui recule à mesure;
» Rien de plus ne reluit, rien de plus ne s'azure.

» Seule, avec vos désirs, votre angoisse s'accroît;
» Et l'espace est plus vide, et le brouillard plus froid.

» *Une flamme vous mord au cœur, flamme éternelle,*
» *Si puissante qu'un ange y brûlerait son aile,*

» *Flamme qui ne vient pas de quelque Dieu jaloux,*
» *Mais d'un être encor plus implacable, de vous.* »

« *— Faut-il donc renier l'idéal, m'écriai-je ?*
» *La terre, est-ce le vrai ? le ciel, est-ce le piège ?*

» *A son rêve doit-on forcément se blesser,*
» *Et, si tu revivais, vivrais-tu sans penser ?* »

« *— Moi, si je revivais, répondit le fantôme,*
» *Je ne voudrais d'aucun espoir ni d'aucun baume.*

» *Mon âme plongerait où mon âme plongea,*
» *Je recommencerais ce que j'ai fait déjà.*

» *En vain ceux dont l'esprit est penché vers la terre*
» *M'avertiraient de fuir la douleur solitaire ;*

» *Dans la foudre et le vent je m'en irais encor,*
» *Loin des chercheurs de joie et loin des chercheurs d'or !* »

Et, comme au cœur la flamme était toujours plus vive,
Il y remit les mains en pose convulsive,

Et, poussé de nouveau par l'aiguillon maudit,
Il s'enfuit à travers la brume et s'y perdit.

III

Le Champ des Morts

'ai déjà dans mon cœur enterré mille choses,-
Espoirs, rêves, désirs, croyances, fleurs écloses
Par un matin d'avril et mortes à midi.
L'art et l'amour surtout comptent là bien des tombes
Où, loin du ciel de l'aigle et du nid des colombes,
Dort ce qui fut en moi noble, pur et hardi.

Mais, tandis que l'on voit, dans tous les cimetières,
Les fleurs au pied des croix et l'herbe entre les pierres,
Qu'il y pousse de beaux feuillages toujours verts
Où, pour réjouir ceux que le cercueil recouvre,
L'âme du rossignol sous les étoiles s'ouvre,
Et de flots d'harmonie inonde l'univers;

Mon cimetière prend ma chair après ses ronces,
L'orfraie à mes sanglots seule y fait des réponses,
L'arbre avec moi s'y tord sous un vent meurtrier.
Point d'herbe, point de fleurs. Rien que l'ombre et la boue.
Pour venir jusque-là, que nul ne se dévoue !
On n'y trouverait pas une place où prier.

La Trève

laire est la nuit, limpide est l'onde.
Les astres faisant leur miroir
De la nappe large et profonde,
Y sont encor plus doux à voir.

Le paysage a, sur la rive,
Le charme et le rêve absolus.
Trop tôt quelque laideur arrive.
Rameurs, c'est bien ; ne ramez plus.

Le ciel verse la somnolence,
La terre l'aspire à longs traits;
La brise même fait silence
Dans le feuillage des forêts.

C'est l'extase du calme étrange.
Tous les mots y sont superflus.
Le moindre murmure y dérange.
O rossignols, ne chantez plus.

L'étoile brille au bord du gouffre;
L'onde sommeille sur l'écueil.
Je veux oublier que l'on souffre,
Reposer avant le cercueil.

Sans désir de l'heure future,
Sans regret des jours révolus,
Perds tes fièvres dans la nature,
O mon cœur, ne me brûle plus !

Ténèbres intérieures

h ! dans un cœur muet concentrer un désir !
On a chassé de soi les choses du plaisir,
Et l'on vit, se masquant de froideur ironique,
Mais serrant après soi l'invisible tunique
Dont on frissonne, ainsi qu'au toucher des fers chauds.
Ivresse de cacher ses espoirs les plus hauts !
La curiosité venimeuse qui guette,
Ne sait où vous frapper, va plus loin, et se jette
Sur la banalité des cœurs bruyants. Soudain
La vision d'amour, si longtemps songe vain,

A qui jamais votre âme, en sa souffrance fière,
Ne voulut adresser ni plainte, ni prière,
Voilà que dans votre ombre elle entre, et, plusieurs fois,
Cherche à vous attirer doucement de la voix.
Vous devriez courir vers elle ! non ! votre âme,
Etouffant son aveu, cachant plus fort sa flamme,
Se refuse au bonheur, trouve une volupté
A créer, de soi-même, et pour l'éternité,
Son désespoir. Le rêve à la clarté remonte.
Et dès qu'il n'est plus là, que seul, n'ayant plus honte,
Sans témoin vous pouvez aimer, vous vous serrez
La poitrine à deux mains, et vous la déchirez.
Et sachant que le mal doit être irréparable,
D'autant plus consumé d'un feu plus misérable,
Vous restez, à jamais bercé par le seul bruit
Du sang de votre cœur qui tombe dans la nuit.

Invitation à l'Oubli

 lune, o belle nuit, sérénité profonde,
Ruissellement du ciel étoilé sur le monde,
Quiétude des champs où flottent des pâleurs
Sur la verdure unie et sur l'émail des fleurs,
Mystère des grands bois, pleins d'ombres illusoires,
Avec leurs blancs rayons coupés de branches noires,

Douceur dont l'univers immobile est rempli,
Vous, solitude, et vous, silence, urnes d'oubli,
Merci pour le repos qui par vous me pénètre.

Dans ce calme d'une heure et dans ce court bien-être,
L'oiseau qui fit son nid dans mon cœur autrefois,
Et qui, de trop d'angoisse, avait perdu la voix,
Lui qui ne demandait plus rien à la fortune,
Voilà qu'il veut chanter, l'œil levé vers la lune.

Oh ! dis, pourquoi chanter ? Troubler la nuit, pourquoi ?
Que l'oubli te suffise, oiseau triste, endors-toi !

Sous le ciel dont la joie au monde est prodiguée,
Ton chant ne saurait pas trouver de note gaie.
Le présent s'en irait rejoindre le passé,
Et tu ressouffrirais, o toi qui fus blessé !

En vain les astres sont comme un groupe modèle
D'amis, au même but, marchant d'un même accord.
A la tâche commune en vain toujours fidèle,
Où la veille il brillait, chacun d'eux brille encor.

Tu te rappellerais les amitiés parties,
Le dur enseignement voulant qu'on prenne soin,
Quand on sent dans son cœur bondir les sympathies,
D'avoir l'espoir muet et le deuil sans témoin.

En vain la lune, avec ses rayons pour caresses,
Baise au front la forêt, ouvre le cœur des fleurs,
Se mire au sein de l'eau qui lui rend ses tendresses,
Jette un manteau d'amour sur toutes les douleurs.

Tu te rappellerais les amours écroulées,
Les serments qui mentaient, les cœurs qui sonnaient faux;
Et l'idéal prenant de si hautes volées
Pour durer moins qu'une herbe où va passer la faulx.

Belle immuablement, la nature infinie
Baigne en vain l'univers d'immortelle clarté.
En vain le ciel, avec sa constante harmonie,
T'ouvre les horizons de son éternité.

Tu te rappellerais les tombes refermées
Sur tant d'êtres restés dans ton seul souvenir,
Qui passèrent la vie à suivre des fumées,
Et qui sont devenus poussière pour finir.

Sous le ciel dont la joie au monde est prodiguée,
Ton chant ne saurait pas trouver de note gaie !

Oh ! dis, pourquoi chanter ? troubler la nuit, pourquoi ?
Que l'oubli te suffise, oiseau triste, endors-toi !

La Crainte du Réveil

Tu sais la volupté qui prête au corps une âme,
L'ivresse du plaisir qui berce en exaltant ;
Tu distilles sur moi ce charme de la femme,
Qui dans la chair prend source et jusqu'à Dieu s'étend.

Ton profil noble et doux, tes limpides prunelles
Éveillent des pensers d'héroïsme et de bien,
Ton corps, dans tout l'éclat des formes éternelles,
Serait divinisé sur un autel païen.

Que je parle de gloire ou cherche une caresse;
Que je sois anxieux d'un rhythme ou d'un baiser;
Que je veuille un sourire ou que l'âme m'oppresse,
Tu m'offres des trésors où je n'ai qu'à puiser.

Mais surtout, à la fin des douces agonies,
Quand le regard revient dans l'œil à moitié clos,
J'ai senti, sur le bord de nos lèvres unies,
Ton cœur verser au mien d'ineffables sanglots.

Oh! par tout ce bonheur, écoute ma prière.
Vois! je tombe à genoux, je t'implore ardemment;
Toi-même ne va point tout réduire en poussière,
Ne parle point d'amour, ne fais point de serment.

Ne dis pas que tu veux m'être fidéle et sûre,
Charme-moi sans te plaire à des mots superflus.
Si tu me les disais, connais-en la mesure,
Si tu me les disais, je ne te croirais plus.

Craignons les mots! les mots sont les bourreaux des choses.
Dès qu'un enthousiasme auguste, un amour fort,
Eclairent quelque part nos ténèbres moroses,
Le mot rampe derrière, amuse et frappe à mort.

Craignons les mots ! les mots changeants, les mots sans nombre
Sont comme l'eau des lacs à l'entour des donjons,
Les léchant humblement, réfléchissant leur ombre,
Jusqu'au jour d'engloutir la pierre sous les joncs.

Lorsque l'effleurement de tes cheveux ressemble
Au frisson le plus doux des brises sur la mer,
Vers un même idéal quand nous volons ensemble,
Dans mon cœur qui renaît il n'est plus rien d'amer.

Ne me rappelle pas, en disant que tu m'aimes,
Qu'enivré seulement on peut croire à l'amour ;
En disant qu'à jamais nous resterons les mêmes,
Ne me rappelle pas qu'on peut n'aimer qu'un jour.

Le Flot tentateur

Je suis comme un marin à la côte jeté.

Mon vaisseau coule au large, ouvert et démâté.
Or ce vaisseau portait mes désirs et mes rêves ;
Et ce qui m'a, loin d'eux, repoussé sur les grèves,
C'est la pensée, un autre et plus rude océan.

Par bonheur, le rivage échappe à l'ouragan.

Sous des ombrages frais que la brise balance,
Mon cœur, libre d'angoisse, y dort dans l'indolence.
Les fruits sont savoureux, les fleurs parfument l'air ;
Les oiseaux, doucement, chantent dans un ciel clair.
Sans risquer la douleur, au plaisir on se livre ;
L'âme n'a point de joug, rien ne gêne pour vivre.

Les bourreaux d'autrefois, les vieux rêves, sont morts ;
Les désirs effrénés qui, sans bride ni mors,
Poursuivaient follement l'idéal hors d'atteinte,
Les aspirations vers l'éternelle étreinte
Dont rien ne change, rien ne meurt, rien ne finit,
Le dégoût de la terre où l'âme se ternit
Dans le bien-être obscur et la vulgaire joie,
Le frisson qui vous tord le cœur et vous le broie
Et vous le brûle, et qui s'appelle l'inconnu,
Toutes ces choses-là, qu'est-ce donc devenu ?

A présent, je connais la vérité des choses.
Le soleil, les oiseaux chantants, les fleurs écloses
Enseignent qu'il serait insensé de vouloir
Plus de durée au jour que du matin au soir,
Qu'il faut savoir user du court bonheur qui passe
Et, sans lever les yeux vers l'insondable espace,

Se donner au présent et jouir du réel.

Plus de cœur irrité par les secrets du ciel !
A prendre tout est bon, ayant le moindre charme ;
Rien n'est bon qu'à chasser, qui vous coûte une larme.

Pourtant je suis rêveur à regarder la mer.
Avec son flux grondant, le vaste gouffre amer
Me fait peur et m'attire. Implacable à qui l'aime,
Il m'a jadis tout pris, en m'attirant de même.
Mais mon cœur bouillonnait ; et, dussè-je en mourir,
J'y veux sentir encor l'ancien frisson courir.
Je veux, la chevelure éparse, l'œil en flamme,
M'élancer de nouveau vers l'horizon de l'âme,
Et voir si, cette fois, faisant mon cœur plus fort,
De mon rêve inconnu je toucherai le port.

O palpitation des flots, senteur marine,
Passez-moi votre vie, emplissez ma poitrine.
Bise, fouette mes yeux ! vagues, enroulez-moi !
Mon amour est pour vous plus grand que mon effroi ;
Et, si vous me gardez de nouveau la détresse,
Abimes infinis dont je subis l'ivresse,
Du moins, loin de mon rêve et loin de mon désir,

Ne me renvoyez pas sommeiller à loisir
Sur la rive du doute et de l'indifférence.
Faites-moi souffrir ! mais de la grande souffrance.

Houle passionnée ! océan palpitant !
Jamais je n'ai senti mon cœur frémir autant,
A vouloir pénétrer ton énigme éternelle.
Jamais tant de clarté n'éclaira ma prunelle,
Pour me guider jusqu'à la perle dans ton sein.
Sans doute c'est un jeu ; tu t'y plais à dessein,
Pour qu'au piége caché plus sûrement je tombe.
Si tel est l'avenir, achève l'hécatombe,
Et, par pitié pour moi, fais en sorte, ô vainqueur,
Sans qu'il en reste rien, d'engloutir tout mon cœur.

Les Mages

eillons, sans bouger, sur la tour énorme
Où meurt le désir d'un monde troublé.
Des signes du ciel l'avenir se forme ;
Fixons nos regards au ciel étoilé.

LA VOIX DE LA TERRE

Toujours suivre dans l'espace
Les chemins où l'astre passe,
Cela doit vous épuiser.
Dans le ciel qui vous submerge,
Mourrez-vous loin de la vierge
Qui vous offre son baiser ?

LES MAGES

Nos cœurs sont fermés aux douceurs charnelles,
Nos regards sont morts aux formes d'un jour.
Pour les astres seuls, beautés éternelles,
Dans nos cœurs glacés, nous brûlons d'amour.

LA VOIX

De nos rois, morts dans l'orgie,
Nous arrachons l'effigie ;
Hommes sages, guidez-nous,
Le genre humain vous convie,
Redescendez dans la vie.
Tous les trônes sont à vous.

LES MAGES

L'homme, c'est l'orgueil et la servitude,
D'une course aveugle, allant au trépas.
Les Mages, veillant dans la solitude,
De leurs astres purs ne descendront pas.

LA VOIX

Nous sommes las des idoles ;
O fronts baignés d'auréoles,
· Nous vous cherchons par les cieux.
Apparaissez dans le temple,
Que la foule vous contemple
Et vous prenne pour ses dieux !

LES MAGES

Vos dieux sont la peur et sont le mensonge.
Nous sommes le calme et la vérité.
Gardez vos autels. Nous gardons le songe,
Le songe infini, sur nous arrêté.

L'Inspiration

genouillée au bord de l'eau limpide et vaste,
    Les cheveux dénoués, la vierge enthousiaste
    S'appuie au parapet qui la tient en prison ;
Près d'elle est un fanal dont la lueur frissonne.
Du reste, pas un bruit, pas une ombre ; personne !
L'onde immense se perd dans l'immense horizon.

Rien! excepté là-bas la blancheur de deux voiles
Qui, comme les oiseaux et comme les étoiles,
La laissent défaillir sans espoir de secours.
La main devant son front pour guider sa prunelle,
Elle suit du regard, autant qu'il est en elle,
Les points toujours en vue et s'enfuyant toujours.

Oh! ces voiles! Le flot illimité les porte;
Leur mouvement est doux; leur marche est libre et forte;
Elles vont au bonheur, au rêve, à l'inconnu!
Elle aussi voudrait fuir jusqu'au fond de l'espace.
De rester sur la rive elle est vraiment bien lasse.
Va-t-on venir enfin, n'étant jamais venu?

Le fanal luit en vain. La flamme est trop petite,
L'horizon est trop grand, les barques vont trop vite.
Nul ne viendra. C'est son destin d'user ici
L'instant qui fait la vie, à regarder les voiles
Qui, comme les oiseaux et comme les étoiles,
De qui leur tend les bras ne prennent point souci.

La Chanson du Repos éternel

uand nous serons couchés dans la tombe profonde,
    Ne crois pas, mon amour,
Que nous aurons souci de revenir au monde
    Et de revoir le jour.

Nous nous enivrerons d'une paix trop profonde,
    D'un silence trop doux,
Pour nous laisser reprendre à l'angoisse du monde,
    Le calme étant sur nous.

Ne me parle donc pas, charmeresse profonde,
　　　D'un stérile réveil,
De ces espoirs sans but pour qui le triste monde
　　　Se tord sous le soleil.

Mais plutôt, sur ton cœur, comme en la nuit profonde,
　　　Laisse-moi reposer ;
Sans m'éveiller jamais, verse-moi d'un vain monde
　　　L'oubli dans ton baiser,

Jusqu'au jour où, couchés dans la tombe profonde,
　　　Tous les deux, mon amour,
Nous n'aurons plus souci de revenir au monde
　　　Et de revoir le jour.

L'Alcyon

Belle de ta fierté, dors en paix, ô mon âme.

Toutes les passions qu'on cache ou qu'on proclame,
L'orgueil, l'ambition, l'amour, la haine, font,
Pour t'entraîner en bas, un tourbillon profond.
Les remous écumants et les vagues livides
Mêlent, autour de toi, les grands bonds aux grands vides.

Dors en paix, ô mon âme, en haut de ton rocher.

Si de toi quelque flot tente de s'approcher,
Ne crains rien. N'as-tu pas, comme l'oiseau, des ailes?
Imite l'alcyon léger, aux blancheurs frêles,
Qui, dédaigneux du vent, dominateur des flots,
Sur la pointe d'un cap repose, les yeux clos,
De l'essor qu'il peut prendre ayant la conscience.

Dors en paix, ô mon âme. En toi prends confiance.

Ton repos s'est placé sur de trop fiers sommets
Pour que rien des bas-fonds y parvienne jamais.
Petitesses, calculs, lâchetés, vilenies;
Tout ce qui va rampant sur les âmes ternies,
A peur, même de loin, d'affronter ton mépris.
Tout cela, dans les trous se creusant des abris,
Ne tient qu'à vivre en paix, sans chercher d'aventure;
Tout cela ne hait rien, n'aime que sa pâture,
Ne songe qu'à fermer ses regards au danger
Des grandes visions qui pourraient déranger.

N'en prends donc pas souci, car c'est le néant même.
Sans y jeter les yeux, reste en haut, aspire, aime,
O mon âme; cela n'a nul pouvoir sur toi.
Sans doute il est des flots dignes de plus d'effroi.

A ceux-là, le puissant tournoîment qui fascine,
Le jet qui saute au front, le choc qui déracine,
Les trompeuses grandeurs, les sombres voluptés,
Et parfois des rayons de soleil reflétés
Par leur verdâtre houle.

Oh! fuis-les sans faiblesse!
Comme ce qui salit, dédaigne ce qui blesse,
Et qui n'est pas le pur et sublime tourment
Du besoin d'idéal qui te va consumant.
Laisse les flots humains se ruer sur la roche
Où tu vis en rêvant, sans peur et sans reproche;
Car si jamais, l'ayant par la base creusé,
Ils renversaient le faîte où ton vol s'est posé,
S'ils voulaient t'entraîner à souffrir sur la terre
De quelque vain orgueil, de quelque espoir vulgaire,
Plutôt que de subir ces maîtres de trop près,
Je jure par la mort que tu t'envolerais.

Hymne panthéiste

O nature tranquille, immortelle nourrice
          Des vivants et des morts,
Charmeuse, étends sur moi la paix consolatrice
De tes parfums subtils et de tes doux accords.

Quand de l'illusion le mirage éphémère
          Illuminait mes yeux,
C'est toi qui, loin du bruit, ô nature, ô ma mère,
A mes rêves prêtais les forêts et les cieux.

Ces rêves ont vécu, mais mon cœur rempli d'ombre
            Brille comme la nuit,
Quand je vois resplendir les étoiles sans nombre
Sur l'abîme infini de mon espoir détruit.

Tout disparaît, les dieux, l'allégresse, la gloire,
            Après quelques rumeurs;
Toi seule tu survis à l'humaine mémoire,
Toi qui vois tout mourir et qui jamais ne meurs.

Aussi, le cœur lassé, je n'adore et n'envie
            Que ta sérénité,
Et j'aurai jusqu'au bout la soif inassouvie
De l'amour éternel dans tes flancs abrité.

Le Voyageur

I

Voyageur, prends garde! c'est l'heure
Où le soleil va se coucher.
Pour la nuit cherche une demeure;
Tes pieds saignent de trop marcher.

— Non! je poursuivrai la lumière,
Non! je poursuivrai le soleil,
Franchissant montagne et rivière,
Sans prendre repos ni sommeil,

Et j'atteindrai l'ardente flamme,
Le pur et l'éternel foyer
Où je consumerai mon âme,
Prête à souffrir pour flamboyer !

— Va donc où ton destin t'emporte.
A l'horizon, poursuis le jour.
Pour te faire une âme plus forte,
Sois tout orgueil, sois tout amour.

Ne vis que pour ce but sublime,
Ce martyre digne d'un Dieu :
Mêler aux flammes de l'abîme
Un cœur brûlant du même feu.

Va ! va plus vite ! le jour tombe.
Tu mourras rêveur insensé,
Mais avec la nuit comme tombe,
L'âme éteinte et le cœur glacé.

II

—*Dans une ombre sans fin, perdu loin de mon rêve,*
Quand je devrais mourir sur le bord d'un fossé,
Je n'aurais pas regret d'avoir marché sans trêve,
Cherchant, hors du réel, un but plus haut placé.

A mon front la sueur, à mes pieds les blessures,
L'indestructible angoisse en mon cœur tourmenté,
Tout cela, vains espoirs, tout cela, douleurs sûres,
Vaut mieux que l'égoïsme où je serais resté.

Le passé me révolte et le présent m'attriste.
Dans la grande nature en germe contenu,
Seul l'avenir est bon, seul l'avenir existe.
Et c'est pourquoi je marche, et vais vers l'inconnu.

Je ne m'arrêterai dans aucune demeure,
Je ne regarderai les champs ni la cité.
La lumière qui fuit, à poursuivre, est meilleure,
Car seule elle est splendeur, et seule vérité.

En avant! en avant! viennent le froid et l'ombre,
Mon cœur persistera tant qu'il sera vivant.
Une aurore est au bout de chaque jour qui sombre.
Vers la lumière! vers l'avenir! en avant!

TABLE

II

III

Achevé d'imprimer

lé trente décembre mil huit cent quatre-vingt

PAR CH. UNSINGER

POUR

ALPHONSE LEMERRE, ÉDITEUR

A PARIS